KB073848

어떤 동백

이대규 제4시집

어떤 동백

좋은땅

나무에 대한 예의

갯메꽃 피어나는 협재 해변
고운 모래성 작은 발자국
붉노란 웃음 머금고 있다

비옥한 시간이었으리
풍성한 공간이었으리
한라산 높이 제주바다 깊이
헤아리지 못해도
비양도를 빚던 해질녘

기벌포에서 모래성을 쌓던 아이여
아직도 어설픈 초로의 시인이여,
걸어간 시공간마다 파도에 지워질
말씀의 탑을 쌓는구나

어찌할꼬, 스러지는
저 저 낭기 낭기

차례

1부

뿔소라의 꿈

2부

문득, 그리움

3부

오름 숲길에 들면

4부

슬픔으로 스러지고 분노로 피어나다

1부

뿔소라의 꿈

협재리 무스카리

고향을 물으면
망울망울 눈빛만 짙어지는
유목민 여린 생명

멍든 얼굴 멍울진 가슴
지중해 물빛보다 진한
연보라 그리움

히야신스 작은 알뿌리
부추를 닮은 가녀린 잎새
내 마음 봄 길에
향기로운 꽃 피우는

신선이 노닐던
선유도 고군산군도
고향을 떠나온 나그네,
탐라 섬에 스미고 있거니

긴 장맛비 네 안에서
긴긴 눈보라 내 품에서
세찬 여울 거친 들길
보랏빛 '실망' 함께 건너자,
협재리 무스카리야

◎ 무스카리 꽃말 : 실망, 실의

겹벚꽃을 위하여

세상의 숲에는
꽃자리에 열매 맺는
범속한 나무들과
속 꽃 피워 열매 맺는
무화과나무가 함께 있나니

화사한 꽃을 위해 퇴화된
암술 씨방 꽃잎으로 변해
열매를 맺을 수 없는
겹벚꽃 나무도 있나니
눈물 젖은 베개에서 피어나는
단아한 미소가 있나니

봄날 한때, 겹벚낭 꽃그늘에
머물다 가는 새여, 노래하라 기억하라

온몸으로 뿜어내는 꽃덤불의 꽃꿈을,
슬프고 아름다운 겹벚꽃의 언어를

구쟁기의 꿈

한수풀 해녀학교 거쳐
귀덕향토길을 걷고 돌아온 날
뿔소라 꿈을 꾸었네
비양도 건너편 용암 언덕 위에서
뿔소라 고동을 부는

뿔소라의 고향, 제주 바다에선 소라도
구쟁기라 부르는 참소라가 된다네
바람이 억셀수록 파도가 거칠수록
뿔을 키워 바닷속 현무암을 붙든다네
가시 면류관, 왕관을 쓴 참소라가 된다네

구쟁기를 닮은 제주 해녀,
해녀를 닮아가는 사내여,
고통을 견디고 슬픔을 키워
보얀 속살을 채우고 있을까
제주 바다를 굳세게 붙들어
뿔소라 참소라 구쟁기 되고 있을까

도두봉(道頭峯)의 봄

숲을 이루지 못해 팔이 짧구나
마음 비워 날개가 가볍구나

작은 멧새 한 마리
가녀린 나뭇가지에 앉아
노래하며 이야기하고 있다
봄까치꽃 무리지어 낮게 피고
철늦은 산국 가벼이 흔들리고 있다

겨울은 빠르고 봄은 늦은
제주 섬머리 도두봉 산마루,
어리석음엔 민첩하고 깨달음엔 더딘
도두오름 닮은 사내 하나

도두봉 산자락 장안사
청동 가슴을 뚫고 나온 동심원
한라산 백록담으로 날아간다

도두항 물보라는 바다로 돌아가고
제주 동백 송이송이 눈뜬 채 내려앉는데,
겨울을 등진 가슴을 열고
파도꽃 피어나는 무지개길 걷는다

두두시도 물물전진(頭頭是道 物物全眞)
사물 하나하나가 도이며 진리로구나

문득 고요하다
탐라국 슬픈 옛이야기
이호테우 뗏목 뱃노래마저 희미한
봄, 도두봉

어승생악 사랑법

10월 하순 투명한 햇살 속
한라산 주봉이며 윗세오름
사제비동산 가슴에 품고
어리목으로 내려오는 길

나무와 바위가 한 몸을 이룬
낯선 풍경 앞에서
아내와 나
문득 발걸음을 멈추네

나무가 바위를 품었는지
나무가 바위에게 안겼는지
바위가 견고한 마음 밭을
열어 주었는지
별의 속삭임을 전하기 위해
나무가 바위에 뿌리를 서렸는지

사랑은 그러한 것

진정한 사랑은 그러해야 하는 것이라

어승생 가을 숲길은 말하네

화가 나 아파
– 딸 '새봄'을 위하여

"화가 나, 아파.
아빠, 많이 아파."
새봄에도 아파한다
근원을 알 수 없는
섬유근육통처럼
아픔으로 봄을 맞는다

통꽃 갈래꽃
산에 들에 지천으로 피어나는
새봄에도 바느질을 한다
제주 조랑말 같은 청춘들에겐
저마다 아픔과 상처가 있다고
상처를 꿰매준다

새봄의 꽃밭에 피어나는
생명들은 뜨거운 꽃이다

김란사(金蘭史)처럼,
한 생을 오롯이 불사르며
타오르는 불꽃이다

"화가 나, 아빠"
화가여 시인이여
분노를 꽃으로 피워내기까지
우리는 얼마나 더 아파해야 하나
이 봄날에
다시 오는 새봄에

백약이오름에서 피어나는

공춘당한약방
대야면 지경리 큰들 사람들
어혈든 몸과 맘을 안고 왔지

훤한 이마 흰 피부 고운 수염
다사로운 손길로 맥을 짚고
뜸뜨고 침놓던 한약사 큰아버지

당귀 인삼 길경 행인
갈근 도라지 숙지황 약방에 감초
약한 숯불에 정성으로 달여
상한 갈대 꺼져가는 불꽃
생명을 되살렸지

구절초 쑥부쟁이 산수국 꿀풀
복분자딸기 층층이꽃 찔레 향유
오이풀 떡쑥 방아풀 초피나무

백 가지 약초가 자란다는
백약이오름 그 어디에서
신선이 된 큰아버지
'본초강목' 옆에 끼고
하늘빛 고인 굼부리에서
약초를 캐실지도 몰라

좌보미 다랑쉬 아부오름
문석이 동검은이 높은오름
우도 송당리 성산일출봉
골고루 눈길 주고 내려가는 길

풀 내음 그윽한 모국어
짚어가는 가을 약탕기에 달여
사람의 마을에 전하고 싶네
백약이 되고 싶네

두맹이골목에서

두맹이골목뿐이리
통녕항 뱃고동 번지는 동피랑마을
전주 중바우 벽화마을
군산 월명산 산말랭이
선양동 해 뜨는 마을
바다만 바라보던 해망동

물장수 발걸음 끊어지고
연탄마저 떨어진 겨울 아침
눈부신 아침 햇살
눈길에 쏟아지던 달동네
산자락에 피어난 허름한 삶이
제주 성안 두맹이골목뿐이리

잊혀진 공간, 잃어버린 시간
더듬더듬 거슬러 오르면
공간은 장소가 되고

골목에서 걸어나오는
'나'를 보게 되네

나 이제, 변방에 서겠네
변죽 두드려 가슴 북 울리겠네
한겨울 허기진 삶,
옹기종기 모인 변두리
사람 사람 사잇길로 들어가겠네

김주학 짬뽕보다 진한
맛과 향기 풍기고 싶네
매난국죽 문인화보다 아름다운
두맹이 벽화로 남고 싶네

강설기, 김광협(金光協)을 생각하다

지난 가을, 화순 곶자왈
날 맞이하던 서슬 푸른
가시나무 산유자,
사랑을 지키기 위해
칼을 갈던 시인

용암 들끓던 가슴 식혀
숲을 키우는 곶자왈처럼
설움과 분노 삭이며
밀감 유자꽃 서정 피워내던
서귀포 사내

호근동 고향 언덕에
누웠지만 잠들지 않고,
백 척 탐라어 쏟아내는
천지연 폭포
연둣빛 고사리 상록수 같은

제주문학 키워내는구나
초롱초롱 빛나는 별이 되어
먼 바다로 가는 길 여는구나

바다 건너온 '육지것' 탱자나무,
감귤 유자꽃 피우라 하는구나
성성한 가시 잎새마다
한라산 눈보라 눈뜨고 맞으며
하귤 산유자 빛으로
익어가라 하는구나

복덕개에서 영등할망 그리다

매운바람 가르며 오네
봄으로 가는 꽃마차

북녘 끝 영등나라 영등할망
멀고 먼 하늘 바다 건너
탐라 서쪽 포구로 오시네
고내포 애월포 명월포

얼음산과 서북풍 홀로 지키는
외눈박이 별 영등할방
바람주머니에 가득 담아 보낸
꽃씨며 오곡 탐라에 뿌린다네

영등할망, 1만 8천 빛깔
제주 바람을 움직이면
1만 8천 탐라 신들도
겨울잠에서 깨어난다네

영등대왕님 어서 놉셔
영등대왕님 어서 놀저
한림 귀덕리 복덕개로 들어와
성산 소섬으로 떠날 때까지

노랑 고름 다홍치마 나부끼는
양지꽃 같은 따님 데려오면
흉년 들까 저어하네

하늬바람 닮은 착한 며느리
영등 우장(雨將) 비 흠뻑 맞아
초라한 며느리만 데리고 옵서
바당에 들판에 풍년 들게 홉서

탐라 당신(堂神) 탐라 민초
영등할망 맞이굿 신명나게 벌인 후에
바다로 나간다네
봄 농사를 시작한다네

알고 있지, 탐라 사람들

변덕스러운 영등할망 오시는

영등달 음력 2월,

꽃샘추위 바람 속에서도

꽃망울 옴작거리고

새봄이 피어나는 것을

알게 되지, 탐라에선

질투와 축복, 절망과 희망이

등을 맞대고 있다는 것을

봄을 기다리는 이유

내가
봄을 기다리는 것은
내가 간절히
새봄을 기다리는 것은
내 시린 슬픔 때문
내 순백 외로움 아니리

눈 덮인 한라산 산죽 숲
고향 등지고 아랫마을에서
걸식하는 고라니 탁발승,
긴 목덜미 순한 눈빛과
호동그란 눈망울
화들짝 놀라 달아나는
노루 궁뎅이 퇴화된 꼬리

그 슬픔 때문에
겨울은 한없이 깊고

그믐밤 어둠 속 봄동을 뜯는

그 외로움 때문에

겨울밤은 한없이 고적하거니

노꼬메 고라니 노꼬메 오름에서

한라산 노루 영실 철쭉 밭에서

뛰놀며 풀 뜯는 그날

스러진 풀들아 야윈 생명아

짓눌린 젊음아 다시 일어나라

슬픔 잊은 계절아, 다시 피어나라

나, 징검다리에서 널 맞으리니

외로운 눈부심

글썽이는 가슴 열고

민오름 연리지

아팠겠구나
이순의 부부
뒤뚱거리며 손잡고
먼 길 걸어오느라
참 많이도 힘들었겠구나

살을 열어 주고
뼈를 내어 주고
아픔과 슬픔, 외로움이
마침내 견고한 사랑이 되기까지
참 많이도 저렸겠구나

저만치 뿌리 내리고 자라
빛깔과 잎새 다른 두 나무
왜 서로에게 벋어갔는지
어쩌자고 그토록 그리워했는지
모르면서 살아온 35년

내 호흡 네가 느끼고
네 혈액 내게 흐르네

사랑이여,
천지가 나와 한 뿌리요
만물이 나와 한 몸이니
그대와 나 어찌 둘이겠는가
인생길에서 우연히 만났다
어찌 그렇게 말하겠는가

함께 피었던 시간
함께 물들이던 공간
함께 스며야 할 이 강산
봉개동 민오름 물푸레나무
연리지 연초록 속잎처럼
그렇게 그렇게

상명리 할망

낡은 돌집이 사라지고
할망도 보이지 않고
정갈한 집 한 채
노총각 냄새 대신
'야생화 향기'가 난다
먼 고향으로 떠난 할망의 빈자리
어느 새악시가 채워주며
연보라 멀구슬나무 꽃향기 날리는지

금악오름 한라산 너머
겨울 하늘 바라본다

느지리오름 밝은오름 사이 후미진 밭에서
할망, 감자를 캐고 있었지
제주에선 지슬이라 부르는

협재리 이웃마을을 어슬렁거리던

발걸음이 절로 멎었네
소천하신 어머님이 떠올랐을까
지슬로 허기를 채우며 떨던
제주의 4월이 생각났던 것일까

토박이말을 잘 알아듣는다며
할망, 감자 3개를 건네셨지
집으로 돌아오는 발걸음
뜸부기 알을 품은 듯

물어물어 할망 댁을 찾았네
봄이 무르익은 자그만 돌집
기묘한 화산석들과 한 몸을 이룬
석부작 꽃들이 가득했네

협재 자전거 수리점, 당신 아들 친구라며,
포크레인 기사, 제주 돌 수집가를 소개하시네
상명리 노총각도 무척 궁금했다더군
롤케익을 드리고 떠난 사내가

연기(煙氣)처럼 사라지지 않는

연기(緣起)의 꽃

협재리에 와서 여덟 해나 살고 있지

상명리 용수석(熔樹石) 호박돌

상명리 할매 검버섯 꽃피우며

다육이 다육에게

고향을 기억하지 못하네
멕시코, 남아프리카, 마다가스카르섬

뿌리 뽑히고 줄기마저 잘린 채
협재 동굴 빌레 위에
비양도처럼 고이 누워 있네

더위와 추위 지루한 장마철 습기
견디어야 하리 홀로 부대껴야 하리

그대여, 세상이 척박하거든
두툼한 잎새에 물을 가득 머금거라
마른 돌틈에 뿌리를 깊이 서려라
검붉은 화산섬에 고운 언어
꽃대 피워 올려라

아, 꽃이 된 아픔이여

꽃이 된 외로움이여

제주 다육, 그대여

제주마 방목장에서

말은 말이 없다
말의 말은
말처럼 뛰지 않는다

말은 하고 싶은 말이
많을 때에는
침묵의 언어로 말한다

말의 말은
그윽한 눈망울 속에 있다
사랑과 연민과 그리움도
깊은 우물샘에 고여 있다

말을 다룰 줄 모르는
어설픈 시인에게 다가와
고요히 건네는
제주 조랑말 몽생이

풀 내음 푸른 말
푸우 푸

싱그럽구나,
탐라도 초여름

여름날의 꿈

약속도 없이,
반가운 사람이 찾아오면
좋겠다

장미 산수국 뻐꾹채 초롱꽃
다투어 피어나는 뜨락
대문 빗장을 열어젖히고
'친구야' 소리치며
그리운 이 다가오면
참 좋겠다

석류꽃 배롱나무꽃
붉은 웃음 이야기꽃 피우면
험한 세월의 강 물결도
투명하게 빛나리

눈물 고통의 숲에서도

치자 인동초 향기
그윽하게 흐르리

먹구름 몰려오고
마음 한 켠 헤적이는 날
당아욱 접시꽃 금규화
꽃으로 함께 피어나면
정말 좋겠다

2부

문득, 그리움

협재 애너벨리

폴폴 눈발이 날리면
흰 당나귀 되어
협재 금능 바다에 가리

희미한 옛사랑의 그림자처럼
지워지는 비양도를 등지고,
애너벨리 카페 식당
화목 난로에 다가 앉으리

포우 푸우
참나무 나이테가 뿜는
하얀 연기, 바알간 불꽃을 보며
추억에 잠기리

잠시,
바슐라르 할아버지가 되어
몽상을 하게 되리

아, 주름진 길에서 걸어 나오는

풍경 풍경들

◎ 바슐라르 Gaston Bachelard : 프랑스 철학자. 저서 『불의 정신분석』 등

똘이, 친구들 안부를 묻다

어디로 갔을까,
내 친구 백구야 힘찬아
대정 충혼묘지, 하모리 언덕,
모슬포 중앙시장, 강병대교회
함께 뛰놀던 곳에
네 고운 숨결 내음 여전한데
인사도 없이 어디로 떠났니

소한 대한 추위가 다가오는데
길 없는 길을 헤매고 있구나
어쩌면 보호소에서
마지막 한 달 지상의 시간을
떨며 떨며 맞이하고 있으리

용서해 다오, 부디 잊어다오
너희를 버린 비정한 인간들을
부디 착한 주인 만나

사랑 주고 받으렴

힘찬아 백구야 순한 눈망울들아

내 고향은

내 고향은
경암동 철길마을
희미론 기적 소리에
남아 있지 아니하고,
물빛다리 별빛다리 아래
잔물결로 번득이지 아니하고
월명산 동백잎에 쏟아지는
달빛에 스며 있지 아니하고,
궁멀 갯벌 탁류로 굽이쳐
휘돌아 가지 아니하고

내 고향은
봄을 기다리는
청암산 왕버들 왕대숲,
기러기 청둥오리 고니
아라사에서 날아 온 날개들의
노래 속에 사운대지 아니하고

은파 물메기탕 기벌포 아나고탕
시원한 국물에 우러나지 아니하고

아, 내 고향 군산은
회현 고사리 척동 동구에서
친구를 기다리며 누워있는 우섭,
벗에게 올린 현일의 말간 소주에,
홍 장로의 기도에, 울먹이던 추모시에
숨어 있지 아니하고

월명산 품에 안긴 만용이의 눈망울에,
해망동 금동 삼학동 신록보다 싱그러운
길현 이환 유곤 평이의
푸른 웃음에 있지 아니하고

고불길 인생
40여 년 함께 걸으며 뿌린
도란도란 언어, 고운 눈길의 씨앗
가시연꽃으로 피어나지 아니하고

내 고향은

우리들 마음의 고향은

세화 숨비소리길에서

하악 하악
숨비소리 거친 날
세화 숨비소리길에 서면
호이 호오이
이내 숨결 잦아지리

해물라면 면발로 일렁이는
모사랑 해변 잔물결
순비기나무 젓가락으로
후루 후루루
내 안에 살포시 붙들고

사랑한다 사랑한다
아직도 그대 사랑한다
어설픈 연서(戀書)
빨강 우체통에 담아
세화리 흰 파도꽃으로
그대에게 전할까

유정한 꽃그늘

함평천지, 정 깊은 이
그의 정 그늘에서 자란
조카 예진아씨와
협재 우리 집 뜨락에
잠시 머물렀을 뿐인데

놀라워라, 검은 돌담은
화사한 다육이 꽃밭이 되고
봄비에 젖은 홍가시 셀릭스
속잎 다투어 피어난다

아내의 50년 지기,
다은 엄마 꽃향기에 취한
오등동 할망, 초로의 아들
돌단풍 무늬자란 봄꽃으로 온다

그들이 머물렀던 우리 부부

마음 뜨락에 어쩌면, 머지않아

버질리아, 애너벨수국,

프로메테우스를 닮은 프로테아

화사한 향기로 피어날 지

별수국 목수국 헛꽃 고운 산수국

유정한 그들을 기다릴 지도 몰라

수양산 그늘 팔십 리에 드리우고

사람 향기 만 리를 흐르는가

곶자왈 숲

참식나무 예덕나무

서로에게 그늘이 되고

멀구슬낭 꽃그늘에서

줄딸기 곱게 피어나듯

그렇게 저물어 가고 싶네

그대들과 함께

봄날, 그대 다가와

그대 다가와
금악오름 억새 능선에
연초록 아침 햇살 투명하게 부서지고

그대, 봄빛으로 다가와
신창 용수 고산 현무암
쪽빛 바닷물에 곱게 씻기고,
협재 바다 금능 금모래
청자 백자로 비로소 번득이고

아, 그대 온몸으로 한 생으로 다가와
산수국 속잎 피어나는
노꼬메오름 가는 길이 열리고,
새별오름 느지리오름 송악산
오름의 얼굴들이 새로이 보이고

완당 김정희, 물방울 화가 김창열,

이시돌목장 맥그린치 신부
뜨겁게 불사른 삶들이
화산섬 곶자왈로 남아 있고

우린 아직 녹색청춘이라고
오드리 햅번처럼 깊어져
가을 숲으로 걸어가야 한다고
저지오름 길섶에 도란도란 뿌린
희보얀 언어 귤꽃으로 벙글고,
탱자꽃 이운 꽃자리마다
작아서 고운 추억 맺히고

내 마음 고운 뜨락에
먼나무 새순으로 추억이 피어나고,
다시 올 봄날을 꿈꾸는
백목련 한 송이 기르게 되네
그대, 내게 다가와

5월, 세한도를 그리다
– 남원 보절중 제자들에게

멀구슬낭 연보라 꽃그늘에서
내 마음 갈필(葛筆)을 들어
세한도를 그린다

유배의 땅 제주섬
탱자 울타리에 갇힌
완당 노인의 마음 밭처럼
휑하게 뚫린 초로의 사내
북쪽 하늘만 바라본다
그리운 산하 보고픈 얼굴들

'지금 여기서 행복할 것'
스승의 날에
누군가는 안부를 묻고
누군가는 춘향골 쌀이며 오곡
김부각을 보내온다

37년 전 37개월 동안
선생 노릇을 했던 남원 보절
변치 않는 천황봉을 닮은 아이들
상사바위의 그리움을 지닌 제자들

아, 이제야 알겠네
뒷 강물이 앞 강물을
바다에 이르게 하는 것을
더 푸르고 깊게 만드는 것을

보절중 제자들이여,
날이 추워져도 늦게 시드는
소나무 잣나무 되어
그대들과 함께 저물어가리
완당과 이상적 노송과 청송이
서로 기대며
세한의 시간 살아냈듯이
그렇게 그렇게

동박생이, 길을 잃다

금악오름 아래 사라진 마을,
'오소록이' 찾아가는 길
어린 동박새 한 마리
길 위에 있다

올리브 녹색 몸통, 연노랑 목덜미
눈망울엔 열사흘 흰 달무리
제주에선 '동박생이'라 부르는
참새과의 작은 새

아빠 엄마를 기다리다 지쳤는지
아늑했던 고향 마을, 오소록이
흔적을 찾다 지쳤는지,
시든 별수국 눈망울
허기진 표정으로 날개를 퍼덕인다

가까이 다가가도 놀라지 않는다

내 손 위에서 오래 머문다
어미의 온기가 그리웠던 것일까

새와 대화했던 프란치스코 성자,
개똥지빠귀 친구 타샤 튜더를 생각하는
제주의 봄날
내 몸은 동박낭이 된다
푸른 잎새 검붉은 꽃 반짝이는
동백나무 숲이 된다

내 꽃술에 긴 부리를 내리렴
내 꽃그늘 오소록한 둥지에서
삐삐삐삐 삐리삐삐
4음절로 노래하며 오래 머물렴
네 온기 꽃가루 간직하며
꽃망울마다 열매 맺으리니
오소록한 마을 불태우던 불꽃
서럽게 기억하리니

가녀린 동박생이여,

아물지 않은 시간을 더듬는

시인의 영혼이여

◎ 제주어

오소록하다 : 아늑하다

오소록이 : 4·3으로 사라진 한림읍 금악리 마을

생이 : 새

낭 : 나무

수국밭에서

장맛비 뚫고 떠나던
꽃상어 붉은 울음

삼베옷 걸친 채
고개를 떨구던 철부지
퍼런 부끄러움

갈공사(葛空寺) 지장보살께
극락왕생 기원하던
보랏빛 설움

붉은 수국, 푸른 수국,
보랏빛 산수국 벙그는
초여름 뜨락

하늘과 땅
손잡고 우는 6월

막내아들 가슴에

피어나는 그리움,

포름한 그리움

먼 곳에의 그리움

탐라 섬에 스미려
남쪽 바다 건넜지

'제주 몹시' 카페에서
북쪽 바다 바라보네
두고 온 고향 산천
아름다운 얼굴들
몹시 그리운 날

아, 닿을 수 없는 그대여
수평선 너머에서 손짓하는
유목민의 사랑이여

해망동(海望洞) 사람들

상처 입은 사람들만
바다를 바라보는가
상처 입은 사람들만
바다를 그리워하는가

월명산 후미진 산비탈
강기슭 옹기종기 깃들어
보름사리 금강 일렁일 때마다
뱃고동 울리며 먼 바다로 나갔지
희리산 송림으로도 막지 못하는
높새바람 가슴을 파고 들어도
바다만 바라보며 살아냈지

금란도 뻘밭 건너 장항제련소
검붉은 놀이 물들면
황해도 해주 청화백자처럼
넉넉한 고향을 그리던 이들이

해망굴 위에 살고 있었지
포성은 멈추었지만
심장이 식을 때까지
갈 수 없는 땅을 그리던
할배 할매 있었지

금강 한강 물과
임진강 대동강 물이
서해에서 얼싸안고
서러운 기쁨으로 빛나는
벅찬 그날 올 거라고
월명산에 올라
용당포 서해바다 바라보며
꿈꾸는 사람들이 있지
내 고향 군산에는

임 선생님을 떠나보내며

동박새 오신다기
한수풀 협재리 동백낭
어둠 밝히며 벙글더니
동박새 떠난다기
이른 아침 동백꽃 이우네

배웅하고 돌아오는 길
허허로운 마음 꽃자리
피고 진 자취 추억하네
나의 시간과 너의 시간
필연의 시간과 우연의 시간이
날씰과 씨실이 되어 엮어낸
3박 4일, 삶의 무늬

겨울부터 뿌리 옴작거리다
비바람 맞으며 잎새 반짝이다
늦가을에 꽃망울 터뜨려

동박새에게만 꽃심을 열었지
동백낭 부부

포롱 포르롱
그렇게 잠시 머물다 떠나는
하늘 저 편에 그대의 고향
두고 온 우리의 고향이 있거니

동박새여, 그대 마음 밭
'새미은총의 동산' 고요
애기동백 화심(花心)으로 간직하길
방주교회 비늘 지붕, 색달해변 윤슬,
카멜리아 힐 팜파스, 멕시코 세이지처럼
고운 추억으로 반짝이길

비양도(飛揚島) 전설

먼 옛날 설문대할망
탐라섬을 만든 후
탐라 서쪽, 협재 바닷가에
작은 섬 하나 날려 보냈지
둥실 두둥실
차귀도 신창 판포 지나
금능 협재 바다
풍경 속으로 들어갔네

섬, 무량수 외로움과
바다, 깊푸른 그리움이
천년을 밀고 당겨
마침내 풍경이 되듯이
사랑은, 그리움은 스미는 것
풍경이 경관을 이루는 것

사랑이여,

내 고향이 어느 별인지 모르지만,

나의 외로움과 그대의 그리움

그 깊이를 가늠할 수 없지만

해 저무는 협재 바다에 서면

나는 묵중한 비양도 되고

그대는 옥색으로 빛나는

협재 바다 되네

그대, 하얀 모래 언덕에

갯메꽃 삐삐꽃 피워내면

나, 고운 산허리에

물억새 홑씨 날리네

날 저물어도 빛나는

협재 바다여

날 저물수록 선이 고운

비양 섬이어

아름다워라, 지구별 여행

협재 바다 비양도

저녁놀에 물드는 한때

붓순나무 꽃그늘

아무래도
늪에 빠졌나봐,
아무리 생각해 보아도
사랑을 하고 있나봐
좀처럼 헤어날 수 없는
지독한 사랑

생명을 일깨우는 춘삼월 가랑비
세미한 음성에 새벽 잠 깨어
서성이는 사내

희보얀 연노란 붓순낭 향기
암향부동(暗香浮動) 흐르는
춘분절 뜨락

제주 한란 제주 수선화
이른 봄 가로질러 꽃대 올리듯

척박한 땅 메마른 영혼에
새순 돋아나길 바라는지
12개 꽃잎 온몸으로 피우는
남쪽나라 붓순낭처럼
시심 글 향기로 새아침 열려는지

아, 빠져나갈 길 없는
협재 꽃덤불에 갇혀 있나봐
아무래도 난

다시, 길산천에서

친구야,
저무는 날엔
함께 강가로 나가자
금강 하구 빈 들녘에 서자

삶으로 맺고
소리로 풀어낸 남도 소리
황량한 빈들에서 울리나니
신명나는 축제 판 열리나니

날개를 지닌 생명은
몸을 비워 하늘하늘 춤추고
뿌리를 내린 생명은
풍화되어 홀씨를 날리는구나

가을 햇살 따가울수록
갈대는 하늘을 바라고

바람 거셀수록 물억새는
희보얀 홀씨를 키웠구나

바람 할퀴고 간 물길 따라
가슴 비우고 마디 맺으며
흔들리되 꺾이지 않는
몸짓 익혔구나

태풍 비바람에
함께 쓰러지고 함께 일어나며
한생 억세게 살아냈구나

마음이 가난한 사람에게
가나안 새 땅 열리듯
황홀한 도시에서 퇴화된 새,
날개가 돋아야 하늘 문이 열린다고
기러기 청둥오리 가창오리
아라사에서 온 순례자
거룩 거룩 노래하는구나

천방산 골골에서 흘러 흘러
금강에 몸을 푸는 길산천,
가을처럼 깊어진 우정이 인생이
방울방울 은빛 물방울
윤슬을 번득이는, 그곳

차마 그리운 강변에
함께 서자, 친구야

문득, 그리움

문득, 그립다고
전화를 주는 제자
서울 하늘이 예뻐서
남원 보절 천황봉,
무주 적상산 자락에서
뛰놀던 벗들을 만나니
선생님이 더욱 생각난다고

오월 하늘 우러르면
아직도 풋풋한 국어 선생으로
가슴 깊은 곳에 새겨진
초로의 선생, 건강이 궁금하다고
문득, 안부를 전하는

그리움은 문득, 밀려드는 것
수수만년 그리움을   고 쌓아
안으로 안으로 억누르다가

불현듯, 갑자기, 문득,
용솟음쳐 흐르는 것

사랑하는 얼굴이여,
휴화산과 활화산이
무정한 언어와 유정한 마음이
어찌 둘이겠는가

백만 년을 기다린 그리움이 문득,
한라산 백록담을 만들고
봉긋봉긋 368개 오름을 빚어낸 것처럼
일년 365일, 다시 천 년을 그리워하리니

붉고 뜨거운 언어
가슴 속에 기르며
꽃피우고 있나니
그리워라, 문득

유붕자원방래(有朋自遠方來)

뜨거운 가슴 식혀 줄
잔잔한 물결 그리웠을까
산 하나 날아와
협재 금능 바다에 안겼네
날개를 지녀 외롭지 않은
섬 비양도(飛揚島)

수수만 년 외로움 채우려
노꼬메 산수국 파도 꽃 피워
선이 고운 산 불렀을까
비양도 꼬옥 품은
협재 금능 바다

한 사람이 다가와
어떤 날은 그날이 되고
친숙했던 어떤 풍경은
문득 낯선 그림이 되지

풍덩, 풍경 속에 잠겨
해질녘 채운을 함께 보면
내면 풍경을 채색하는 손길

철썩 세파(世波)
촤르르 세파(細波)
세상 파도 가는 파도로
부서지는 금능 포구
모닥모닥 모닥불에 모여앉아
나누는 도란도란 정담

포구와 섬,
한 생이 담겨 있구나

산벚꽃

봄날,
연분홍
꽃망울로 다가와

하
르
르
꽃비로 날릴 때도
꽃이더니

내 마음
깊은 꽃덤불
지지 않는
사랑아

3부

오름 숲길에 들면

저지오름, 봄 숲에 들다

애기동백 하롱하롱 눕는
저지리 올레 흡담 길 지나
저지오름 봄 숲에 든다

검은빛과 푸른빛이 뒤엉킨
제주의 이른 봄,
귤 꽃망울 맺는
느릅나무 옴작거리는
소런수런 생명이 깨어나는
소리 보인다

검은 외투를 입고
해질녘 홀로 서성이던 여인,
도반이 되어 오름 오른다

수월봉 당산봉 차귀도
저녁놀에 곱게 물들며

어둠에 잠긴다

길이 사라진다
직박구리도 노루도
집을 찾아 돌아가는 시간

속잎 피어나는 곁에
꽃잎 눕고 있다
피어나는 한 생명에게
자리를 내어주는 한 생명

불이(不二),
삶과 죽음은
둘이되 둘이 아니구나

우주의 거대한 윤회 생멸 앞에서
인간의 언어는 길을 잃는다

길이 끝난 곳에서
길은 다시 시작된다

가나안 가는 길

황량한 사막,
이슬도 내리지 않는 초원

내려앉을 나뭇가지 하나 있어
노래하네, 탐라의 멧새
목을 축일 작은 옹달샘 있어
감사하네, 제주 조랑말 몽생이

유목민 시인,
잠들지 못하고 뒤척이는 쌍봉낙타
가난한 영혼 일깨우며
가나안 가는 길 가네
길 없는 길을 가네

아, 별 별 별밭 우러르면
마음 밭 깊은 곳에서
열사흘 달무리로

맴도는 이 하나,

오롯한 하나

바리메오름 산행기

한가위 푸른 하늘 바라보다
허기를 느낀 것일까?
바리메 그리워 길을 나섰지
넉넉한 산마루 깊은 분화구
둥글넓적한 바리때 오름
발우(鉢盂)를 든 가섭처럼
수행 깊은 노승

말없는 미소로 길을 열어주는 숲에서
조그만 마음 밭 바리때를 보네
바람 이슬 별빛 풀 내음
가득 담아도 넘치지 않을

소나무 전나무 난대림 산죽
휘어져 어우러진 숲속을
가멍오멍 하는데

"일하지 않으면 먹지 말라"
백장(百丈) 선사의 가르침이
죽비로 내리치네

시를 쓰지 않으면 먹지 말라
운봉 바래봉 철쭉보다 고운
사유 한 자락 언어 한 줌
바리때에 담으라

노꼬메의 높이 한라산의 폭
60여 년 낡은
내 마음 바리때에 챙겨
산 아래 마을로 탁발을 떠난다
달마 동쪽으로 가듯
플라톤 동굴 속으로 내려가듯

구름체꽃

별빛을 담은 것이
물방울뿐이리
먼 하늘 별빛을 담은 것이
어디 김창열 물방울뿐이리

만주 한반도 백두산 한라산
산마루 구름 가까이
꽃피우는 꽃 있나니

협재 모래밭에 뿌리내리고 살아도
마음은 비양도 새털구름 속에 있는
고산식물도 있나니

구름체여,
별 구름에 닿고파
보오얀 보랏빛 꽃대
'이루어질 수 없는 사랑'

밀어 올리는 이여

다시 오늘 이 가을

조금 더 쓸쓸해도 좋다

조금은 더 외로워도 좋다

조금만 더 높아져도 좋다

채색한 구름 투명한 별빛

그대 가슴에 담기 위해

◎ 구름체꽃 꽃말 - 이루어질 수 없는 사랑

견공 예찬(犬公禮讚)

도반(道伴)이라 부르리
애견 반려견을 넘어
만행(卍行) 길동무,
묵언 수행을 함께 하는
견(犬)보살이라 부르리

오름을 올라가되 교만하지 않고
오름을 내려가되 비굴하지 않는
선한 눈망울의 수행자

삼나무 내음에 취하고
엉겅퀴 산국 빛깔에
잠시 마음을 잃는
무염(無染)의 유목민

어리석음은 빨리 오고
깨달음은 더디다지만

그대, 5년 수행에

지천명(知天命) 넘어

이순(耳順)에 이르렀네

오름 원형 굼부리

태극 산허리에서

도리(道理)를 알고

순리(順理)를 깨우쳤으니

오름 견공, 똘이여

쓸쓸하지 않겠네,

가을 저녁놀

초겨울, 내 안의 뜨락

동안거에 들었나, 세한(歲寒)의 계절
작약, 나도샤프란, 사하라장미,
청보라 봄꽃 피우던 포도히아신스 무스카리
백일홍, 낮달맞이, 여우꼬리풀,
시계꽃, 범부채, 송엽국, 초롱꽃, 무늬자란,
'영원한 행복' 에키네시아도 안식 중

늦가을 하얀 향기를 발하던
하와이 생강꽃이며 오상고절(傲霜孤節) 국화,
안젤리나 장미도 수척해졌다

긴긴 여름 동창을 불밝히던
배롱나무, 꽃 지고 잎을 떨구니
오히려 고운 자태, 선비의 풍모
긴 꽃대 끝에 보랏빛 그리움 달고
백두산 한라산 구름 속
고향을 서성이는 구름체

고향마저 기억하지 못하는 다육,
장마 습기 견디며 뿌리내리더니
차가울수록 불그레 물들고 있다

현무암 돌담 아래 면벽 수행하고 있는
흰수국, 무늬수국, 산수국
장맛비 내리면 수국거리리
천둥같은 침묵, '변하는 마음'으로

백목련이여, 보얀 꽃꿈 간직하는가
하귤, 유자, 사과대추여,
새해에도 실한 열매 맺으려는가
금악리 동백아, 오등동 꽃나무들아
오도롱 삼색버들, 유수암 홍가시야
반송들아, 의연하게 겨울 이겨내고
연초록 잎새 붉은 꽃 피어나렴
송홧가루 날리렴

겨울 하늘 눈서리 속에서도
꽃을 피우는 체리세이지,

빨간 열매 하늘 꿈 먼나무,

황금빛으로 영그는 금귤,

청청 잎새 붉은 꽃망울 애기동백낭

내 마음 깊은 뜨락아

적염(寂拈), 고요를 붙들다
– 이의창 권사님을 보내드리며

함박눈 따라
애기동백 내려앉듯
한 생명 눕는다
한 송이 피워내고
한 생명 받아주는
천지간

공주 부여 강경 웅포
나포 내흥동 구암동
굽이치던 비단강 인생

궁멀을 활처럼 휘돌던 강물
서해 저녁놀 고운 품에 안기듯,
시온성 사모하며 걸어가신
구암동 궁멀 이의창 권사
하늘 아버지 부르심을 받아

주님 나라에 이르셨으리니

피와 살 주고 받고
삶과 말씀 섞어 살던
형제 자매 믿음의 벗들,
그 나라 꽃동산에서
다시 만나자 꼭 함께 만나자
손가락 맺어 약속하네

하늘이 무너지는 슬픔
하늘은 흰 눈으로 감싸주고,
정겨운 목소리 끊긴 아픔
잔물결 울림으로 달래주네

요단강 언덕 마주하며
천둥같은 침묵으로
흐느끼는 한겨울

하늘 가신 발자욱마다
송이송이 꽃 뿌리셨네

깨달음의 꽃

너희도 붙들라 하시네

소리 높여 찬양하며

고요히 기도하며

오늘의 바다

입춘절,
겨울 낡은 문을 밀고
봄의 문턱을 넘고 싶은 날
범섬 섶섬이 초상권을 빌려 준
'오늘의 바다' 카페에서
바다멍

지난 겨울을 회상하는가
새 봄날을 꿈꾸는가
고요히 일렁이며 빛나는
서귀포 법환 바당
눈 시린 바다 번득이는 윤슬에
온기를 잃어가는
카페라테 쑥라테

돌아보면,
내 마음의 바다

시련의 시간, 안식의 시간
은총의 날들이었네

고요한 날은
하늘에 함께 감사하리
물결치는 날도
하늘에 함께 기도하리

먼 바다 이어도 그 나라
함께 그리워하리
범섬과 섶섬 되어

외로움의 뿌리, 고근산(孤根山)

서귀포 산자락,
사람의 마을로 내려오는
외로운 오름 하나
사람의 마을을 등지는
외로운 사람 하나

호근동 고근산 길에 서면
설문대할망 손금이 풀어진
수평선을 혼자서 함께
묵중하게 바라보는
범섬 문섬 섶섬이 보이지

한라산을 베개 삼고,
고근산 굼부리에 엉덩이 넣고,
범섬에 무릎을 받치고,
서귀포 바다에서 물장구치는
설문대할망도 생각나지

무명 한 필 모자라

설문대할망 속곳 못 지어줘

외로운 섬이 된 탐라 이야기며,

할망의 아들 500 나한이 슬피 우는

천지연 천제연 정방폭포의

외로움도 듣게 되지

할망이 탐라에서

이 세상 삶과 죽음의 깊이를

찾아낸 것도 외로움 때문이며,

세상살이 절망과 허망을 보는 것도,

삶과 죽음의 가시밭에서

이어도를 꿈꾸는 것도

외로움 때문인 것을 깨닫게 되지

사람들이 마을을 떠나

영실(靈室) 철쭉 밭에 안기는 것도,

산 그리메 속으로 들어가는 것도

모두 외로움 때문인 것을

고독은 세상에 홀로 떨어져
외롭고 쓸쓸한 감정만이 아니라
홀로 있어 편안한 상태인 것을
비로소 알게 되지

수평선 너머를 그리며,
파도에 몸을 맡기며
자재(自在)로이 노래하는
'나'를 닮은 섬이 보이지

혼자 먼 길 가는 순례자,
그 곁에서 함께 하는
형제섬을 사랑하게 되지

넓어지는 폭이여,
깊어지는 높이여
외로움의 심연,
고독의 뿌리
고근산이여

오름 숲길에 들면

낮아도
계곡이 없어도
숲이 울창하지 않아도
오름 오르면
안아 주는 손길이 있다
오름 속으로 들어가면
꼬옥 안아 주는 가슴이 있다

산자락에 산수국 피어나고
분화구 굼부리 고운 허리마다
안을 비우며 억세게 살아가는
가녀린 생명들 바람에 화답하는
세상 바깥세상

벌건 물길 흐르던 골골마다
검붉은 돌과 흙
풀과 나무와 한 몸이 되었나니,

멧새 노래하며 퍼덕이고
노루 고라니 한가로이 서성이는
곶자왈 숲 이루었나니

내 안에
용암이 용솟음치는 날
오름 숲길에 들면
내 좁은 가슴 텅 빈 굼부리에도
푸른 바람 머물며 싹을 피우리
하늘빛 곱게 물들어 가리

저녁 산책

묵화(墨畵) 속으로 들어간다
화사했던 사물들 지워지고
출렁이던 시간들 잦아들고
밖으로 난 길이 사라지고
안으로 난 길마저 비워지고
언어마저 끊어진 텅 빈 우주
소실점으로 남는
두 사람

가시 장미

아프로디테, 미의 여신이
이 땅에 탄생했을 때
여신들이 선물한 꽃

서슬 푸른 가시를
줄기마다 곧추세워야
비로소 꽃이 되는 꽃

맑은 이슬 찌르지 않고,
날개 고운 나비만
온몸으로 받아들이면서
꽃잎을 곱게 물들여야
마음 밭에 향기를 품어야
진선미 장미가 된다

가시 박힌 꽃만 꽃이 된다
심장 깊숙히 가시에 찔리면서

장미는 미의 여신이 된다
마침내 사랑의 화신이 된다

가시관 머리에 쓰고
녹슨 못 손발에 박힌
33살 젊은 목수
가시마다 살이 묻은
나사렛마을 장미

산딸나무 숲 속삭임

거친오름 혼자 오르다
산딸나무 꽃밭에서 들었지
친구여, 어디로 가시는가?
거친 숨결 지친 발걸음
골고다 언덕 홀로 오르던
나사렛 젊은 목수 음성

그날, 그가
짊어졌다는 산딸나무 십자가
순결한 영혼, 피 흘린 자국
거친오름 산딸나무 잎에
아직도 선명한데

나의 피, 나의 영혼
나의 언어, 나의 노래
어디로 흐르는지
무얼 위해 흘리는지

호흡만 거칠게 살아온
저 푸르던 날들이여

친구여, 그대
십자가 나무는 되지 말라,
고통의 숲길에서 만나는
헐떡이는 십자가 있거든
대신 짊어지라
한 모금 물 건네라

그대 더 낮아져
시몬,
그대 더 뒤틀려
베로니카

서영아리오름 호수에서

만날 수 있을지 몰라,
산과 산이 마주 보고
하늘과 땅이 눈맞춤을 하는
마보기오름 지나면

오름 굼부리로 내려온
서귀포 상천리 하늘 호수
구름 흐르다 멈추고
숲을 건너온 바람에 잠시
헤살짓다가 이내 잔잔해지는

요란하게 사랑을 갈구하던
산개구리 노래마저 그친
별유천지 비인간

명경지수라 했던가
맑고 고요한 것은

산 속 호수만이 아니네

작은 가슴 짙푸른 연못
바깥세상도 번뇌 망상도
사라진 봄날
설핏한 오후

뜨거워라, 곶자왈 연리지

투명한 가을 햇살 따라
용암 숲에 들었지
골른오름 용암이 흘러내린
서광 곶자왈 화순 곶자왈
송이석 고운 길을 걷다가
걸음 멈추었네

뜨거워라,
연리목인가 연리지인가
부끄러움도 잊은 채
소나무와 참나무 때죽나무
사랑하다 죽을 작정으로
한 몸이 되어 있네
천지 환한 대낮에

발그레한 마음으로 바라보았네
어느덧 가을 숲길에 있는 아내,

사랑한다 사랑한다 어깨 감싸지만

틈새에 시린 바람 스치던

저 푸르던 길 회한으로 보였네

연애와 죽음이 뒤엉킨

연리지 몸짓으로 서 보네

가을처럼 깊어 가고 싶네

성스러운 곶자왈 숲길에서

살과 살이 짓무르다

마침내 소나무 송진이

참나무 수액으로 스미듯

큰병악 작은병악

고른 오름 허리 사이로

용암 흘러내리듯

입산, 절물오름

산에 안긴다.
산에 깊이 들어간다.
산의 폭과 높이에 스민다

문득 숨결이 잦아들고
혜살짓던 호수 잔잔해지고
묵중한 산 하나

절물 정화수로 우려내는
찔레차 내음 번지는 듯
싱그러운 휴양림

침묵의 언어 붙들고
영겁 세월 묵언 수행하는
절물오름, 투명한 모국어
연초록 속잎마다 반짝인다

절물오름 가는 숲

청청 소나무 아래엔

동안거를 마친 새우란

견성(見性)의 미소 벙글고

아그배나무 하얀 꽃그늘에선

새들이 부르는 축송

5월의 숲에 번지는

파아란 동심원 물결

생명의 노래

살아야겠다

절물오름 굼부리

깊은 어둠 속에서

다시 태어나야겠다

함덕 서우봉

이런 곳 있을까?
이 세상 어디에

눈썹달 모래톱에
잔물결 밀려와
발목 적시고
나지막한 산자락
눈매 고운 조랑말
달보드레한 풀을 뜯는

성난 파도 할퀴는
고통의 바다,
부릅뜬 눈 번득이는
어두운 숲
아련한 저편 언덕

여우비 그친 유채밭에서

나비잠 들고 싶은

별유천지(別有天地)

이 세상 바깥

봄의 속삭임

귀를 연다
검은오름 때죽나무
겨울 빛 껍질 속
수액이 솟구치는 소리
봄이 피어나는 소리

겨우내 고요히 비워내며
봄을 기다렸구나
스스로 봄이 되었구나

여린 속잎 돋아나고
은방울 향기로운 소리 번질 때까지
봄은 오지 않은 거라고
내 안의 우주가 개벽하지 않으면
봄은 봄이 아니라고
말없이 속삭이네

낡은 욕망 누추한 허물 껍데기

훌훌 벗어 새살 드러내는

비옥한 시간

봄 봄 봄

새봄

가을 편지

청랑한 가을 하늘 아래
애월 어음리 봉성리
억새로 서고 싶은 날

바람에 스러지고
비바람 속에서 다시 일어나며
꽃피운 보얀 그리움
홀씨 날려 전하고 싶은
떨리는 심장 한 조각

하늘 높푸른 계절 기다려
풍화되고 싶은 이
척박한 땅에 뿌리내리고 있다고,
기대고 싶은 그대
한 생 연모했노라고

4부

슬픔으로 스러지고
분노로 피어나다

어떤 동백

– 제주 4·3, 75주기에 부쳐

어떤 동백은

하르르 하르르

꽃잎 날리며 멀어지고

어떤 제주 토종 동백은

갑오년 봉준이 개남이 목처럼

뎅강, 눈 뜬 채 뒹굴고

어떤 흰 동백은,

죄 없어 희디 흰 사슴들은

한라산 눈밭에서 쫓기며 스러지고

일제 진지동굴 어둠에 스미는

화염 연기에 오소리처럼 떨고

오소록이, 다랑쉬마을

섯알오름, 무등이왓 큰넓궤

비너리굴, 표선 한모살, 광치기해변

모슬봉, 정방폭포에서

탕 탕 탕 검붉게 피어나고

조천 북촌 세 살배기는

으앙, 울음보 한번 터뜨리지 못한 채

입 틀어막은 어매 손길에서

진한 꽃물로 으깨어지고

월령리 선인장마을 진아영 할망은

무명천으로 턱을 싸맨 채

한 생을 살다 가고

쫄븐갑마장 몽생이 쉐 테우리들은

타오르는 따라비 큰사슴이 들과 골에서

수만의 검붉은 꽃이 되고

너븐숭이 옴팡밭에 엎드린 동백은

싸늘히 식은 어매 젖가슴 같은

달여도 수평선만 바라보고

아, 어떤 동백은

탐라에 불던 제국의 바람

아직도 그치지 않는 무자년

광풍에도 의연한 퐁낭,

내릴 수 없는 깃발,

평화의 섬

꽃꿈으로 피어나고

◎ 제주어

쉐 : 소

몽생이 : 제주 조랑말

테우리 : 말과 소를 기르는 목동

너븐숭이 옴팡밭 : 움푹하게 패인 넓은 돌밭. 현기영 '순이삼촌'의 배경

쫄븐갑마장길 : 짧은 甲馬場 길. 표선면 국영농장 말들의 이동 통로. 20km
에 이르는 갑마장길 일부(따라비오름~큰사슴이오름, 10km)를 짧은 갑마
장길 트레킹 코스로 명명

묵념 4분 3초

눕더니
피흘리며 눕더니

탕 탕 탕 타당탕탕
화약 연기 속에서
무참히 스러지더니

동백이여
금오름 동백이여
불꽃으로
일어서는구나

화르르 화르르
한반도의 봄을
피워내는구나

세화리 다랑쉬굴에서

내 가슴엔 여전히
어둠이 있지
협재굴 만장굴보다 깊고 짙은

내 마음 밭엔 아직도
풀잎이 눕고 있지
동백낭 꽃잎 검붉게 지고 있지

개망초 쑥부쟁이 물억새
억세게 흔들릴 적마다
길 위에 서면, 보이네
잃어버린 마을, 사라진 동네
잊혀진 시간, 지워진 공간

다랑쉬 아끈다랑쉬오름
넉넉한 품에 안겨 오소록한
구좌읍 세화리 중산간 다랑쉬마을

화마(火魔) 벌건 아가리가 마을을 삼키고
청솔가지 연기 피워 오소리 사냥하듯
다랑쉬굴에 불을 지폈지
손잡고 시누대처럼 떨다가
동백으로 누웠네

탐라여 제주여, 내 조국 한반도여
어둠의 시간이 다하면
해맑은 세상이 열릴까?
멀구슬낭 밤새워 연보라 꽃 피우듯
고운 해 성산포 너머에서 솟아오르듯

내 가슴엔 아직도
다랑쉬 슬픈 노래가 울리지
억새 시누대 설움으로 스러졌다
다시 일어서며 서걱이듯
음습한 어둠 깊은 곳에서
꿈을 노래하지
새 세상을 꿈꾸지

하가리 연꽃 마을

화전민이 모여 살던 마을
한때는 산적의 은거지였다 하네
애월 하가리 연꽃 마을

한라산으로 눈길을 주면
노꼬메오름이 먼저 반기고
육지로 바다로 마음이 향하면
고내 포구 뱃고동이 울리는 곳

언제부터 피어났는지
그 누가 하가못에 연을 심어
연화지(蓮花池)가 되었는지 모르지만,
사람들 몰려들기 시작했지
자본에 더럽혀진 진흙 세상에서
무염(無染)의 꽃 한 송이
마음 밭에 피워내고 싶은 이들

방생한 청거북 붉은귀거북
참붕어 남생이 자라를 잡아먹고
홍련마저 갉아먹은
연꽃 없는 연화지

납득이 가질 않아 어처구니없어
납읍리 어음리 귀로에서
사라진 연꽃 마음에 그려 보네

가락(加樂) 더락 더럭
즐거움을 더하던 더럭 마을
연꽃 향기를 듣던
하가 연꽃 마을

어처구니를 위하여

– 세월호 제주기억관에서

고백하네, 지난 사월
하롱하롱 멀어지는 산벚꽃에
연분홍 가슴이 저리다가
라일락 미니장미 피어나는
빛과 향기에 취했었네

더러는,
4분 30초 묵념도 올리고,
4월 혁명 상처도 보았지만
탐나는 섬 제주에
9년이 지나도록 오지 않는
끝내 꽃피우지 못한 젊음,
진도 깊고 푸른 바다에 잠긴
그날의 진실,
잠시, 잊고 살았네

낡은 쇳덩이 배 한 척
이름표 안경 가방과 용돈이
수면 위로 올라왔지만
잠들 수 없는 원혼,
투명한 진실까지 건져 올린 것은
아닌데, 분명 아닌데

아픈 기억 지우며 살자는,
역사의 퇴적층 속에
이젠 묻어 두자는,
어둠에, 어처구니없이
나마저 동조하고 있었던 것일까?

2014년 4월 16일
진도 팽목항 뱅골만에 침몰한 것은
세월호가 아니었으리
어처구니, 진실의 배
백성을 하늘로 섬겨야 하는 나라
대한민국이었으리

나, 이제 기다리겠네

사라봉 등대 영혼의 불 밝혀

안개 속 세월을 가로지르겠네

제주 시린 하늘, 잔잔한 바다에

까르르 까르르

가신임들 웃음이 번질 때까지

그날을 기억하겠네

잃어버린 어처구니를 위하여

빨간 동백 노란 리본 가슴에 달고

바람개비로 서서 나부끼겠네

바람 타는 섬에서

동백, 불을 켜다

저것 봐,
흰 동백 붉은 동백
애기동백 토종동백
가지마다 방울방울
불 불 불 불을 켜

밤이 깊을수록
추위가 몰려올수록
가슴 태워 촛불을 밝혀

촛불 하나에 슬픔을
촛불 하나에 분노를
촛불 하나에 사랑을
평화 평등 정의 민주를
자유 화해 용서 희망을

이태원에서 제주 섬까지

겨울 한반도에

꽃 피네 꽃이 피네

촛불 횃불 혼불이 일어서네

활활활 타올라 광야를 불사르네

저것 봐,

오, 저것 좀 봐

가을, 시인 박정만

신혼의 단꿈에
올림픽의 열기에
취했던 88년 가을

올림픽 폐막식 폭죽이
밤하늘을 수놓을 때
서러운 땅 갈라진 세상 버리고
광활한 우주로 떠나던
혼불 하나 있었지
시인 박정만

동학농민군 김개남의 고향
산외면 동곡리 이웃 마을
정읍시 산외면 상두리
호남정맥이 굽이치다
코끼리 머리로 솟구친
상두산(象頭山) 남쪽 자락

안두희를 응징한 박기서 열사,
천재 시인 박정만을 품었네

"생각허믄 가슴 아퍼요"
나그네를 기다리다 늙은
동구 느티나무 그늘 아래
콩을 털던 당고모 아낙
눈물 훔치며 붉은 한숨 뱉어냈지
상두산 담쟁이 내장산 애기단풍보다
한스러운 조카의 시간을

슬픔의 심연에서
언어의 바벨탑을 쌓던 이여
시마(詩魔)에 붙들려
펜을 놓지 않던 젊은이여
마침내 시인이 된 사내여

단풍 물들수록
가을밤 깊어갈수록
별밭을 우러르며 길을 묻는다
시신(詩神)의 주소를

슬픔으로 스러지고 분노로 피어나다

빛도 없이
이름도 없이
위패도 없이
영정도 없이
흰 동백 내려앉은
작은 뜨락

멍든 하늘 밑
애기동백 벙그네
민주, 대한이, 민국이
피어나지 못한 젊음들
그날의 핏빛 공포보다
선연한 선홍빛 설움

말간 슬픔이 다하면
뜨거운 분노가 피어나는가
살아남은 자의 부끄러움이

활화산으로 솟구치는가

아, 늦가을 한반도여

금악리 시누대

바람 불지 않아도
할망당 하르방당 처녀당
산신령 내려오지 않아도
왜 흔들리는지 몰라
왜 이리 떨리는지 몰라

가녀린 댓가지 청청한 댓잎
여전히 떨며, 피울음으로 떨며
잠들지 못하네

"살려줍서 살려줍서"
70년이 지나도 지워지지 않는
화염과 살륙의 기억

오소록이,
불태워 사라진 마을
금악오름 아래 빈 들녘

여전히 아늑한데

설날이 되어도
오지 않는 얼굴 그리며
왜 이렇게 슬픈 몸짓으로
피리 불고 있는지
우린, 아직 몰라

금악리 만벵듸 묘역에서

오작교 건너
견우 직녀 만나는
칠월 칠석 새벽
고무신 벗긴 채
베잠방이 찢긴 채
어둠 속으로 끌려간
금악리 사람들

밤 깊은 금오름에
이슬로 내리는가
별빛으로 깜박거리는가
시누대 잎새에서
떨며 떨며
아직도 서걱이고 있는가

계묘년 칠월 칠석엔
금오름 고운 허리

넉넉한 굼부리

오소록이 중가름 웃동네

잃어버린 마을에

달빛 별빛으로 내리소서

찢어진 강산

노둣돌 놓으소서

탐라, 외로운 영혼들이여

눈물항아리

빗물 눈물 가득 고였네
수국 밭 돌 탁자 위
항아리 한 쌍

눈물항아리라 부르는
어머니의 유일한 유품
조선의 꽃 해주항아리마저
빚을 수 없었던 망국의 시대
상아색 살결 푸른 눈물
조선의 눈물이었으리

일제강점 분단시대
눈물 없는 백성이 있을까마는
1923 계해 정월 초파일생
어머니 100년 세월 담겨 있었네

군산 궁멀 멜본딘여학교

미국 선교사 함흥 선생님의
가르침과 복음,
험한 세월 고비마다
하늘에 올린 기도
땅에 쏟은 붉은 눈물
가슴 가득 담겨 있네

눈물항아리여,
내 마음에 자리한
사랑이여 그리움이여
가장 소중한 것으로만
가득 다시 채워야 할
저무는 지상의 시간이여

상명리 퐁낭처럼

오소록이 웃동네
금악리 4·3길 잃어버린 마을
시누대 피리소리 안고
집으로 내려가는 길
몸통이 상한 상명리 퐁낭
그늘 아래에서
금오름, 한라산 우러른다

금악리 상명리 협재리
설문대할망의 나라 탐라섬
제주바다보다 짙은
상처를 기르며 살고 있구나

"살암시민 살아지매"
살다 보면 살아지는 것일까?
상명리 퐁낭처럼

비바람 속에서도 꽃망울 맺히고

봄이 오는 것일까?

눈보라 속에서도 눈물이 빛나는

새벽이 열리는 것일까?

찬 서리 속에서도 일렁이는 것일까

청보리밭 민초의 나라

지용, 내 마음의 고향

지용,
반도 바람에
서걱이는 댓잎
떨림으로 다가온 이.

다이얼 책상 서랍에
감금해 두고
깊은 밤
소근거리던 사랑

그대의 실개천 시어,
참신한 상상력, 투명한 그리움을
간직하는 것만으로도 죄가 되던
내 젊은 날

녹슨 철조망 경계에서
아직도 떨고 있는 사람아

차마 잊힐리야

내 마음의 고향

시인 정지용

미스김 라일락

고향 그리워
태평양을 건넜나
모진 목숨 슬픈 영혼
고국 땅에 뿌리내린
조선의 고운 누이야

땅꼬마 시절
내 고향 샘 안 집 누나
미군 전투기 조종사 따라
태평양을 건넜지
수수꽃다리를 닮았던
고무신 공장 최고의 미인,
미스 경성고무로 뽑혔던

보내고 싶지 않았으리
짓궂은 형들이 짚차 머플러에
돌과 진흙을 비벼 넣고

숨죽이며 지켜보았지

‘부릉’ 시커먼 연기
날아가는 돌과 흙
양키 곁에 앉은 누이는
흙먼지 속으로 사라졌지
리라꽃 향기만 남기고

몇 해 지나지 않아
마을 우물에서 굿이 열리고
무명천 끈으로 건져 올린
쌀 그릇엔 머리카락 몇 가닥
할매의 한이었을까?
동네 아줌마들 수군수군
딸이 소박맞았다고
오갈 데 없는 처지가 되었다고

슬프고 아름다운 영혼아
미스김 라일락으로,
리라꽃으로 떠돌던 누이야

수수한 흰 보라 수수꽃다리야
이 땅 이 하늘에 가득하여라
수수한 네 향기

글썽이던 홍안, 시인 이병훈

술 마시지 않아도,
성내지 않아도,
월명산 동백으로
발그레 피던 홍안

훤칠한 키
억새 머리카락 날리며
하포(下浦) 길 녹슨 철길에서
글썽이던 시인

군산선 협궤열차 흔들리며 떠나고
째보선창 뱃고동 목메어 울어도
고향 산천 지키던 조선소나무,
아물지 않는 상처 기르며
봄날 꿈꾸던 느티나무

석정(夕汀)의 대바람소리

가슴에 울려나던 시인 있었지
내 고향에도

조계(租界)의 땅, 군산
비단강 끝자락 탁류 넘실대는
본정통 전주통엔 미두꾼 득실대고
뜬다리 부두며 장미동 창고엔
오사카로 떠나는 쌀가마 가득했지

일제가 떠나간 하늘 바다
가시홍어 비행기 날아오르는데
핵핵거리는 남근 대가리
베개 삼아 고이 잠드는 이여

시인이 시인을 추억하는
새해 이른 아침
그리움 때문일까
멀어지는 봄날 때문일까
글썽이는 반도여 섬들이여

한라산 관음사

어둠의 숲 고통의 바다에
자비의 화신이 있다는 것은
얼마나 큰 위로인가?
천 개의 손 천 개의 눈으로
고통을 살피고 어루만지는
천수천안관음보살

아흔아홉 골짜기마다 아픔이 스며있고
상처 여전히 눈뜨고 있는 변방 섬 탐라
순결과 희생, 적백(赤白) 리본 나부끼는
아라동 새미오름 자락

중생이 아프니 내가 아프다
제주가 불타던 무자년
지장보살 사천왕 소신공양했지
화염 속에서 화엄정토 만들었지
형형색색 연등 관세음 미소

연못에 어려 있는 자비 불도량

사오기 먹사오기라 부르는 왕벚낭
올벚낭 산개버찌낭 섬개벚낭 잔털벚낭
어우러져 속잎 피워내어
꽃비 날릴 채비하는
관음사 봄날 한때

노란 사랑으로 복수를 하라
복수초 핀 가슴으로
문 없는 문, 운문(雲門)을 밀며
산문(山門)을 나선다

길이 지워지고
다시 길이 열린다
관음(觀淫)에서 관음(觀音)으로

작가 후기 (作家 後記)

　시집을 엮은 후 한라산 백록담에 올랐습니다. 상록아열대 숲을 지나 청청 소나무 숲에 들었습니다. 서시(序詩) '나무에 대한 예의'에서 노래한 바와 같이, 어설픈 시집이 세상에 태어나기 위해 얼마나 많은 나무들이 사라지는 것일까요? 제4시집 『어떤 동백』이 그럴 만한 가치가 있는지 스스로 물으며 부끄러움을 느낍니다. 절차탁마를 다짐합니다.

　『어떤 동백』에 실린 70편의 시들은 2022년 1월 ~ 2023년까지 협재해수욕장 인근 마을에 살면서 쓴 작품들입니다. 주제의식의 유사성을 중심으로 4부로 분류 편집했습니다.

　1부 뿔소라의 꿈(16편)은 치열한 삶과 꿈을, 2부 문득, 그리움(18편)은 인간관계의 정과 그리움, 관계성 그물에서 살아가는 존재의 사유를 담고 있습니다. 3부 오름 숲길에 들면(19편)은 실존의 고뇌와 구도적 여정을 노래한 시들입니다. 참나(眞我)를 찾고 영혼이 고양되는 삶을 추구하려는 지향성이 엿보입니다. 4부 슬픔으로 스

158

러지고 분노로 피어나다(16편)에서는 아직 현재성을 지니고 있는 제주의 역사, 세월호 이태원 참사 등을 다루고 있습니다. 시인이 지성인의 상징적 존재라면, 마땅히 사회적 책무를 다하는 언어의 집을 지어야 할 것입니다.

『어떤 동백』을 매개로 시인과 독자가 소통을 할 수 있다면 더없는 기쁨이요 영광이 되겠습니다. 제5시집 발간을 향한 이정표가 되길 바랍니다.

2023년 가을

심우재(尋牛齋)에서 이대규

어떤 동백

ⓒ 이대규, 2023

초판 1쇄 발행 2023년 12월 13일

지은이   이대규
펴낸이   이기봉
편집   좋은땅 편집팀
펴낸곳   도서출판 좋은땅
주소   서울특별시 마포구 양화로12길 26 지월드빌딩 (서교동 395-7)
전화   02)374-8616~7
팩스   02)374-8614
이메일   gworldbook@naver.com
홈페이지   www.g-world.co.kr

ISBN   979-11-388-2571-9 (03810)